六月荷

刘美健 著

西安出版社

图书在版编目（CIP）数据

六月荷 / 刘美健著. —— 西安：西安出版社，2018.6（2021.4重印）

ISBN 978-7-5541-3109-1

Ⅰ.①六… Ⅱ.①刘… Ⅲ.①诗集—中国—当代 Ⅳ.①I227

中国版本图书馆CIP数据核字(2018)第116710号

六月荷
LIUYUEHE

著　　者：刘美健
统筹策划：范婷婷
责任编辑：张增兰　邢美芳
责任校对：张忝甜
装帧设计：朱丹萍　纸尚图文设计
出版发行：西安出版社
地　　址：西安曲江新区雁南五路1868号影视演艺大厦11层
电　　话：（029）85253740
印　　刷：永清县晔盛亚胶印有限公司
开　　本：720mm×1020mm　1/16
印　　张：13.5
字　　数：223千
版　　次：2018年6月第1版
印　　次：2021年4月第2次印刷
书　　号：ISBN 978-7-5541-3109-1
定　　价：48.00元

△ 读者购书、书店添货或发现印装质量问题，请与本公司营销部联系、调换。
　电话：（029）68206213　68206222（传真）

序一

一个年盛之人的悠闲与孤独
——刘美健诗集印象

李　星

　　我的故乡是咸阳，杨焕亭、杨波海是我甚为喜爱的乡党和文友。这一天他们领来了忠厚敦实的青年诗人刘美健先生，并将一个蓝色的文件夹赠予我。他们走后的一天，我打开文件夹，是一本叫做《六月荷》的诗集。

　　无论怎么看，都应该是一个春风得意的美男子，其诗作中却充盈着浓浓的孤独与化解不开的迷惘和忧伤。似乎与"乡愁"粘连，与怀旧的思绪相关。"我不是过于恋旧的人／却被陈年的雨／穿过时光的伞／湿了眼帘／湿了过往"，其所愁出人意料地缠绵与丰富，既有天籁般的春曲、夏荷、秋雁，更有对渭河古渡遗址及历史人物的凭吊、追思怀念。唐太宗陵墓所在的九嵕山，史圣司马迁故里的韩城，历史并不长的咸阳湖与渭滨公园……乃至偶尔面对或一瞥的杯盏、风筝、落叶、牵牛花、湖畔情人坐着的长椅……"一花一世界，一叶一菩提。"让人联想到古文人"若无闲事挂心头，便是人间好时节"的悠闲，及"锦瑟无端五十弦，一弦一柱思华年"的迷惘。"一匹孤独的野马／在寂寥的诗行里／埋葬孤独／与生俱来的／冷峻，孤傲，忧郁／悲壮，凄美，伤口／渴望的眼神"，这首题名为《野马》的诗，及其中浓烈的孤独，成了诗人的自况。

前不久，我曾经对意外光临寒舍的中国作协主席铁凝说："孤独，不是在无人陪伴的寂寞之中，而是对生命的意义与人生价值的怀疑之中。"这里我说的只是一个老人的心境，而刘美健先生的孤独当是一个壮年人对自己生存现状的怀疑与抗拒。从这本精美的诗集中，我理解了他，并理解了这个物质丰富、精神贫乏的时代。

（李星，著名文艺评论家、原《小说评论》主编、曾任茅盾文学奖评委）

现代主义艺术的民族化与诗人的审美表达
——序刘美健诗集《六月荷》

杨焕亭

读刘美健的作品，我油然想起自己曾经写过的一首《咏兰》诗："紫兰隐幽谷，风雨独自开。人迹罕至处，犹闻暗香来。"的确，在姹紫嫣红、争鸣喧哗的咸阳乃至陕西诗坛，刘美健以一种宁静的、淡泊的写作姿态，默默地耕耘播种，将一束束诗花奉献给读者，从不"显才扬己"、显山露水。大约是在"圆魄上寒空，皆言四海同"的中秋前夕，他把自己近年来发表在网络和纸媒上的诗作发我，希望能够有一个相互切磋的机会。及至临窗喜读，从一首首长歌短吟中捕捉70后诗人开放的诗性目光、新锐的诗性思维、前沿的诗性语境，我不仅为他的现代主义诗风击节点赞，更为他殷殷追求于现代主义艺术的民族化，从而将艺术的他律性与自律性统一于诗歌创作的实践而感到一种时代方位上的欣慰。

在当今诗坛，现代主义并不是一个陌生或者新鲜的概念。从文学史的意义说，它从"五四"新文化运动催生新诗出现后就已为国人所瞩目。然而，它真正成为一种思潮，则始于20世纪70年代末到80年代初。因此，无论从西方现代主义本源还是从中国诗人以"朦胧诗"语境实现审美表达，大体上都有一个相似的价值取向，这就是对现存文化的逆抗、反思和批判。例如由审美转向"审丑"，由对"善美"道德的讴歌转为对"人性恶"的美学肯定；在内涵开掘上由对客观物象的审美转向对人"内心世界"的剖解和探秘，其对于现实的文化和精神的批判往往源于内心世界的茫然和困惑，而试图通过"独自与天地"的对话来求得心灵的安妥，从而使得这一时期的诗歌作品表现出鲜明的"主体"色彩，朝着"超现实"的趋向演进。因而，当社会变革将一种崭新的秩序推进到它们面前的时候，"朦胧诗"对生活的回应显得乏力。它们在完成了新时期初始阶段思想解放潮赋予的使命和责任后，有点"美人迟暮"的苍凉。当然，直至目前，"朦胧诗"并没有完全退出历史舞台，它们面临着如何融入新时代，从而在新的文化氛围下更好地实现诗歌的审美表达这样一个严峻的课题。

显然，这不只是技术层面的问题，还牵涉到诗人的时代向度、思想维度和认知高度。读刘美健的诗歌作品，我觉得他虽然在思维与时代的黏结上还不是那么纯熟和自然，但可贵的是，他力求用一种新的姿态走进生活：

> 时光的花瓣，选择
> 在每一个清晨绽开
> 人类，睡醒的蜜蜂
> 展翅捕捉，又一场飞逝
> 采集金色的甜蜜
> 滋养理想
>
> （《选择》）

所有的意象都借助于诗人丰富的想象而被打上主观的认知色彩，

被赋予强烈的象征意味，而达到能指与所指之间的相为内外表里的折射式联系。想象固然是所有诗歌作品的翅膀，然而，在现代主义诗人那里，它带有某些夸张和放大的特点。在这里，时光不是表现为动感的波流，而被描述成花瓣，它是被人化的意志物，"选择在每一个早晨绽开"；而"人"却被自然化为一群"睡醒的蜜蜂"，"展翅捕捉，又一场飞逝"——时光。这样，"人化"的时光与自然化的"人"围绕"存在"与"飞逝"在生命价值的交会点上达成一种"观照"和"互入"，令人想起海德格尔"时间性是人的存在方式"的名言，从而在诗人的吟唱中聆听"此在""在世中""绽出其生存"，"雪白的盐／在奋斗者的额头不断析出"的生命足音。它完全是一种主体的呈现，"没有忧伤，忧伤／在燃烧的大海里消亡"；是一种从感觉中长出的"蜜"——理想，"伸出舌头尝试，这是笔直的路径／攀缘而上，可以找到／荆棘中，前行的我"；是一种阵痛之后的快感，"赤脚，鞋子不知去向／孪生的鲜血和疼痛／在身后飘扬的锦上睡去"；是一种海德格尔所谓的"大道开显"的"澄明"，"我选择月光里，梦中的村庄／在升起的台灯下，收割光芒"；它是一种对惰性的拒绝和抗逆，"被宠坏的灵魂／在海里　不断膨胀"（《壑》）；它是灵魂翘首以待的向往，"如此期待，一场雨／生命在原地／不用追逐不变的轮回"（《我知道，你已不远》）；这一切，都归结于对精神家园的憧憬和构建，"我以为，以为／是无边的海／却在一个清晨／来到对岸"（《以为》）。据此，不难看出，诗人通过意象的排列组合，本体和喻体之间的转换或互照，艺术想象的联类无穷，从而缔造出一个立体复杂的"意识世界"，凝结成"心灵的交响"。诗人把目前的世界吸收到自己的世界里，使它成为经过他的情感和思想体验过的对象。诚如美国诗人赛琪·科恩所说："通过明喻和隐喻，诗行的陈列看似不像事实本身，却有助于我们以新的方式再次打量它。"

由此可见，形式固然重要，但它在任何时候都是由内容决定的。

现代主义虽然起于对资本主义秩序的批判，"朦胧诗"虽然源自对"文革"后期思想领域荒芜的清理，但并不表明精神和文化批判是它唯一的价值选择。时代永远引领着诗人驾驭"一只善意的船/驶向心的彼岸　泉水甘洌"（《南海的风》）。现代主义诗人只有不断打磨释读生活的灵感之镜，才能在其中国化的风雨历程中，与新时代生活的激流拥抱，不断开辟新的境界，永葆艺术的生命力。

"朦胧诗"对于新时代回应的乏力，还在于其对历史的解构和碎片化，从而陷入一种"历史虚无主义"。这在很大程度上是对现代主义的误读。美国著名马克思主义评论家弗雷德里克·杰姆逊指出："过去不仅仅过去了，而且在现在仍然存在，现时中存在着某种由近及远的对时间的组织。过去从中表现出来，或体现在纪念碑、古董上，或体现在过去的意识中……在历史那里就是传统，在个人身上就表现为记忆。现代主义的倾向是同时探讨关于历史传统和个人记忆这两个方面。"他同时指出，中国文坛某些人所热衷的"历史虚无主义"，乃是后现代主义的东西。这就是说，包括"朦胧诗"在内的现代主义诗歌，要因应新时代呼唤，就必须走出这种误读，重塑对历史的敬畏感。正是从这个意义上，我从 70 后诗人刘美健的作品里倾听到历史的回声。

<blockquote>
追寻中重合了些许你的足迹
追寻中走进你曾徜徉的时空
古之夏阳，今之韩城
这是梦开始的地方
这是旅途的起点
拉开记忆的序幕
从此，记忆不再休止

（《历史之父》）
</blockquote>

我十分关注诗人用"重合了些许你的足迹"和"走进你曾徜徉的时空"这样的句子来表现历史与现实的传承关系，为什么要重合足迹呢？因为在史家命运的留痕中，矗立着人格的山峦，它就像岩石一样亘古不变。正是秉持这种文化品格，诗人才得以走进史家笔下徜徉的时空，去感知"黄帝微笑"，去领略"始皇仗剑"，去触摸"沧海桑田，风云变幻／卷舒之间，三千年往事如烟"的历史心律，透过"如豆的油灯"，解读思想怎样"踩着""二十五史之首的名号"，走向"迷人的彼岸"的历史因果。因此，在诗人看来，它不是重复历史的足迹，而是"梦开始的地方"，是"旅途的起点"。

诗人的这种心绪，在《醴泉九嵕山》中完全贯注了现代主义的旋律。从"盆子里生长着麦子和／它的主人／——龙和马的后裔"到"他们在盆底作画／延续久远的画风／豪放、古朴、典雅"；从"鱼开始着迷／不再想念大海"到"于是，提笔／着彩，对着脚下／流淌的镜子，描绘出／一轮又一轮的娇艳"再到"远近皆入画中／每个人，都成为笔下／一朵耀眼的浪花"，如此叠加而又密集的意象，呈跳跃状态地勾勒出一个昨天与今天、灵魂与肉体的想象画卷。所有的客观物象，都被诗人艺术地抽象为思想的符号，而"符号化的思维和符号化了的行为是人类生活中最富于代表性的特征"（卡希尔语）。

如果说，现代主义文学的一个重要特征是对于世界的寓言化描述，那么，它在刘美健的作品中则被赋予浓郁的哲理色彩，那"一半月亮／一半太阳"被幻化为"两条追逐的鱼／一黑，一白／吞食宇宙／一切冷，一切暖"（《太极》），传递了诗人对于生存环境的忧思；而他在《足迹——给红色延安》中对"一座山""一座塔"的图腾释解，对"你的硝烟，我的平静"穿越岁月藩篱的碰撞，对"灵魂里蕴含着／含铁的矿石"的意象化书写，都使得作品一改此前某些政治抒情诗的直白，而提升到哲学和美学的境界，给人以新的审美感

受。"诗人最后的地位必须由他诗中所表现的哲学以及表现的程度如何来评定。"（艾略特语）

　　刘美健的诗歌创作还处在探索之中，诗风也还不那么稳定，艺术的自觉还有待于进一步强化，真诚地希望他沿着自己追寻的路子走下去，写出更多更好的作品。

　　（杨焕亭，中国作家协会会员、咸阳师范学院兼职教授、原咸阳市作家协会主席）

2017 年 10 月 29 日于咸阳

目 录

第一辑　流淌

流淌	/002
冬天，是一个村庄	/003
兰	/004
城市	/005
圈子	/006
宿命	/007
归途	/008
龙门石窟	/009
绿丝带	/011
早春二月	/013
望	/014
春曲	/015
春潮	/016
探春	/017
桃花缘	/018
春节	/020
我是你的三月	/022
镜子	/024
四月，再见	/025
端午	/027
立夏	/028
六月荷	/029
儿童节	/030
南海的风	/031
南飞雁	/032
岁月	/034
希望的颜色	/035
美丽的秋天	/036
秋雨	/037

秋收	/ 038
中秋	/ 039
秋叶	/ 040
白露	/ 042
秋思	/ 043
元旦	/ 044
雪松之恋	/ 047
冬的出口	/ 047
圣诞	/ 049

第二辑　布谷鸟

布谷鸟	/ 052
油画	/ 054
燃烧的愿望	/ 055
梦中的院落	/ 056
醴泉九嵕山	/ 057
醴泉，我的故乡	/ 059
咸阳湖之恋	/ 061
咸阳渭滨公园	/ 062
古渡廊桥	/ 064
圣殿	/ 066
青春	/ 067
小夜曲	/ 068
青春远行	/ 069
月牙儿	/ 070
履历	/ 071
仆人	/ 072
麦田	/ 073
回归	/ 074
小村的太阳	/ 075

木门	/ 076
乡音	/ 077
小路	/ 078
山峦	/ 080
镰刀	/ 082
大秦岭	/ 083
蜀道	/ 085
雕塑，还有灵魂	/ 087
历史之父	/ 088
新丝路	/ 090
节日	/ 092
海	/ 093
战争	/ 094
黄帝	/ 095
足迹——给红色延安	/ 097

第三辑　风筝

风筝	/ 100
雨	/ 101
追梦人	/ 102
图腾	/ 105
暴风雨	/ 106
风雨之路	/ 107
欠你一个拥抱	/ 109
坚守花开	/ 110
迷失	/ 111
翅膀	/ 112
梦魇	/ 114
相遇	/ 116
茶	/ 117

风	/ 118
荷韵——寄呈闫西京老师	/ 119
荒漠中的孤树	/ 121
石碑	/ 122
漂流	/ 123
存在	/ 124
匆匆那年	/ 126
题《吉利图》	/ 127
八月邂逅，一起唱歌	/ 128
冬天里的春天	/ 129
幸福时光	/ 131

第四辑　草原

草原	/ 134
风语	/ 135
野马	/ 136
最后的晚餐	/ 138
天使	/ 139
雪莲	/ 140
浪花	/ 141
海市蜃楼	/ 142
牡丹	/ 143
返璞	/ 144
婚宴	/ 145
茶树与大象	/ 146
流浪汉	/ 147
彷徨	/ 149
松竹禅音	/ 150
未来的方向	/ 152
洗礼	/ 153

裂隙	/155
太极	/156
发现	/157
蓝色月光	/158
逝者如斯	/160
以为	/161
壑	/162
宿山	/163
选择	/165
明亮的伙伴	/167
变迁	/169
红十字	/170
兄弟	/171
泪	/172
海德格尔	/173
王子与乞丐	/174
地下泉	/175

第五辑　鹊桥

鹊桥	/178
牵牛花	/179
蝴蝶	/180
祈祷	/181
致青春	/182
玫瑰	/183
礼物	/184
平衡	/185
彩色的贝壳	/186
天籁	/187
无题	/188

海角天涯　　　　　　　　／189
湖畔那条红色的长椅　　　／190
遥远的伤口　　　　　　　／192
奔月　　　　　　　　　　／193
月光曲　　　　　　　　　／195
百合　　　　　　　　　　／196
等候　　　　　　　　　　／197
我知道，你已不远　　　　／198

第一辑 流淌

翻着麦浪的海
漂浮着村庄

流　淌

翻着麦浪的海
漂浮着村庄
我打此走过
恍若故乡

呻吟的瓦砾
拼接着历史的碎片
前方的生活
背后的回忆
脚下　我是否真的来过

我不是过于恋旧的人
却被陈年的雨
穿过时光的伞
湿了眼帘
湿了过往

第一辑
流淌

冬天,是一个村庄

冬天,是一个村庄
冬至是村口
一扇紧锁的门

归来的跫音
荡起落叶下
深深覆盖的时光

一瞬间,完成穿越
我与尘封的过往重逢
相谈甚欢

冬天很冷
冬天很安静,只有风
不断地自言自语

冬天,是一个村庄
慢慢凋零,如同
你的来历,无人知晓

六月荷

兰

今夜，笔下的风
是一株草
紫色的花
盛开在古老的荒漠

连同风，一起
被人类采摘
留下高贵的种子
在骨头里种植

拓展，纯洁的领地
拯救自己和同类
拯救缝隙中的灵魂
呼唤沉睡的风

不能浪费粮食和水
珍惜每一滴笔墨
珍惜每一根骨头
珍惜每一次拂面的风

第一辑
流淌

城　市

孤独的石头，在规则中
重新站立

孤独的灵魂，逃进石头
寻找盛开的季节

孤独的风，徘徊在
每一个角落，无人理睬

孤独的叶，埋进孤寂
离根越来越远

孤独的天空，被爱情遗忘
灰色的面孔，偶尔睁开
淡蓝色的眼睛，充满渴望

而苍凉的雨后，重新喧嚣的广场
不断有人进入，不断有人离开

|六月荷|

圈　子

一潭水，死去后
水面漂浮着
所有的溢美之词

面对太阳
边缘，如圆形的绳索
缓缓收紧

丢失上岸的时间
灵魂在水中
不断膨胀

爆裂！伴着腥味的
雷鸣与闪电
这是将逝的辉煌

酸雨，短暂的表演
落幕
舞台上一片狼藉

| 第一辑 |
| 流 淌 |

宿　命

太阳用孤独燃烧
月亮用孤独沉默

一再更换，疼痛的外衣
努力开花，期待结果

在光明与黑暗之间
界限，从未改变

所有被光线触摸的灵魂
都是宇宙的食物

无形的手，无声的炙烤
等待着，某种吞噬

燃烧的继续燃烧
沉默的继续沉默

归　　途

时间在路上
一个漫长，一个遥远
风景在窗外
无心浏览

立春了，春再度归来
我望见枝头，焦急的等待
愈靠近
便愈发澎湃

小路，枯草，桃林，老房子
佝偻的身影
愈远离
却愈发清晰

韶华易逝，烟花易冷
你是永恒温暖的根系
萦绕，在无数这样的夜晚
尽管一切，已是从前

第一辑 流淌

龙门石窟

龙门山在左
香山在右
伊水，一面镜子
佛在崖上
佛在水中央

芸芸众生
一拨拨，一茬茬
似流水匆匆
你端坐莲上
慈悲千年不变

古人，来者，走了
也许回头
也许没有
带着空，走了
带着你的眼神走了

北魏，那一页的辉煌
在山石间

六月荷

在万千个洞窟里
叮当的凿音,消失了
回响依旧

是谁选择了你
是谁选择了这里
双手合十的瞬间
你已播种了那些心田
善意,又逢春天

第一辑
流淌

绿 丝 带

年轮，一个圆形的时光里
我有两个春天
一个在一月
另一个，在七月
因为，你的归来

我曾在春天，埋怨岁月
匆匆的脚步
也曾在一月的岛屿，遥望
七月的轮渡
而登上轮渡的那一刻
又憧憬来年的陆地
隐约的葱茏

现在的我，更愿意
紧握手中的船桨
与你一起
激荡起生命的浪花
这一刻，将是未来
思念的夜里
闪烁的霓虹

|六月荷|

我知道,你的羽翼
将在远方丰盈
当你再度归来
我依然在春天的河岸等你
随风飘扬的柳枝
是我挥舞的丝带
而那一抹淡淡的绿色
便是,心中永恒的
青春的色彩

第一辑
流淌

早春二月

二月里
与你相约　在城市之外
初来的懵懂
不太贴切的语言
残留冬的沉默
脚步迷恋　感觉的影子
走向田野

鞋子开始复苏
参加一场聚会
蓝色的集市
飘浮着鱼鸟昆虫
努力攀登着云
所有任性
都是风的决定

透明的幕
缓缓拉开
一曲新乐
已然奏鸣

六月荷

望

冬,即将干涸
柳微拢头发
与蜷缩的河床
一起凝望,春的方向
春,已在路上

脚钟情于路
在树的目光里
丈量着存在感
麻雀找不到虫子
所有时节,都有困惑

夜或许是一种保护
嘲弄的眼神
无处落脚
根努力探向大地深处
渴望衔接,温暖的源头

第一辑
流淌

春　曲

立春了
太阳，开始回头
高原仍然寒冷
天空，在它的高度
一目了然

枯黄的根部
闪烁着绿色的星星
像个婴儿
初来这个世界
感知，与生俱来的本领
生长，与生俱来的
草的本领

等着吧
大地将一片葱茏
生命的脚步不可阻挡
立春了
春天，来了

六月荷

春　　潮

春潮汹涌
淹没了窗户
柳风阵阵
送来燕的呢喃
知音的呼唤
我夺门而出
天上一条红色的鱼
迟缓了我的脚步

春潮汹涌
淹没了窗户
思绪开始奔跑
在白色广场
我献出所有甜蜜
为远道而来的蜜蜂
让它们捎去
我对春的问候

第一辑
流淌

探 春

翻开杂草
今天是惊蛰
我想看看
有没有虫子出现

没有雷声
也许你只是翻了个身
但春天就是春天
不能否认
标志的意义

石头上的莲花
为什么一直盛开
佛不语
或许沉默
便是答案

六月荷

桃 花 缘

走过青竹
走过玉兰
停留在桃花
涓涓流淌的芬芳
春的旷野
又一次相逢

花心　噙满晶莹
却为何　湿润了
我的眼眶
难道是　难道是
看见前世
为今生
所做的约定

人面桃花

终于　擦肩而过
回眸
还是你的方向
那株依然

第一辑
流淌

晶莹的
桃花
风起
珠落

六月荷

春　　节

今天，只有一个方向
换上美丽的衣裳
整理零乱的思绪
翻出久远的回忆
在阳光下晾晒
团结一切热爱的人
让心可以相互取暖

红色是心中唯一吉祥
此时超过太阳
世界在寻找归宿
在到达目的地之前
脚步在希冀与迷惘中交错

今天，只有一个方向
暂停思考
种子发芽的地方
埋藏着血液中信仰
钟声唤醒春天
鲜花在夜空争相开放
灵魂这一刻无比安详

第一辑　流淌

古老国度的微笑
轻抚欢乐的胡须
触落一行晶莹

六月荷

我是你的三月

春天来了
我急切地想看到燕子
在眼前轻掠
潜在的意识
檐下的情愫
虔诚地迎接
心如从前

一切爱开始发芽
一切灵感开始发芽
诗的颜色
春的相片
变换角度
试图描绘你　所有美丽
蹉跎的经典　难以重现
岁月如歌

拥抱火山
酝酿一次灿烂
我的热爱丛生
鲜红的花朵　我的心

第一辑
流淌

迎风绽放
你将自己埋入我的胸膛
我是你的三月
一起守望
希望的田野

春天来了
我急切地想看到燕子
在眼前轻掠

六月荷

镜　子

湖畔的杨柳
枝繁叶茂　春天
最后一个节气　谷雨
刚刚过去
我记得很清楚　湖水
清澈的朋友

湖畔的林荫道
走了许多遍
草木站在原地
每次都是新的
空气中充满热爱

雨后　河水注入
湖变得混浊
夜幕降临

一切在静谧里沉默
湖开始沉淀自己
要赶在日出之前
恢复　一面镜子

第一辑
流淌

四月,再见

在那些凋零的日子
你是我深情的期盼
因此,容忍一切萧瑟
总有些事必须等待
就在我眨眼的时候
四月的波涛,排山倒海
猝不及防将世界淹没
我的惊呼将我出卖
我还没有做好迎接你的准备
你已将一切渲染成希望的模样
熊熊的火焰,七彩的霞光
你的怀抱里没有夜晚

清明,谷雨,潮起潮落
花瓣雨纷纷,将伞搁置
任雨飘落肩头,乌发
滑过指尖,既然来了
却为何走得如此匆忙
洒满一地,如雪却红
涌起多少潇湘的哀伤
总有些事情无法挽留

|六月荷|

无奈的风里，与你说再见
一个风花雪月的故事
或许是台灯下的安慰
春华秋实又何尝不是一种延伸

花瓣雨纷纷，风起
长袖飘舞，凝眸
四月，再见，再见

第一辑
流淌

端　午

来到五月深处
端午，迎面走来
初始的记忆
只与粽子有关
而三闾大夫
一种关于站立的精神
是后来的故事
如包裹在绿色里的甜蜜
被愉快地接受

我在北方
你和你的故事
发生在南方
那里不生长小麦
于是，稚嫩的触角
向远方延伸
从此，世界之外的世界
连同热爱的精神
在我的体内
不断聚集，一同站立

六月荷

立　夏

五月，立夏
出门时
没有看皇历
天有不测风云
我依然相信天气预报

暴风雨不期而遇
头和脚
待遇无法一致
撑开报纸
用所有美妙的诗句
遮住秀发
脚，拼命地奔跑

家，躲避风雨之地
诗，散落在路上

第一辑 流淌

六 月 荷

陆地，不是领地
逐水而居
六月，不是春天
你推迟了季节
喧嚣尘落，开始绽放

阳光下的清新、脱俗
黑暗里的隐忍、储蓄
为柔软的世界
撑起博爱的伞
伞旁盛开着
佛祖的讲坛
倾听，我停止沸腾

一盏灯，一箪食，一汪泉
一只渡船，环顾
似曾相识

六月荷

儿 童 节

一个节日，属于
所有的未来
太阳，跃出海面
初升的高度
生命稚嫩的刻度

孕育天真的理想
憧憬未知的礼物
所有幸福
寄托在
希望的奶酪里

甜蜜的果实
都有历史
我选择逆流而上
伫立在节日的源头
看见，利迪策
悲伤的眼泪

第一辑
流淌

南 海 的 风

潜入海底
珊瑚丛中
一条闲庭信步的鱼
将我的目光　久久留驻
南海的风
似永远的温暖与和煦
我从遥远的北方飞来
却不是一只候鸟

阳光下的海浪
沙滩上的贝壳
椰林外的山峦
一个慈悲的眼神　如海
融化所有苦涩
一只善意的船
驶向心的彼岸　泉水甘洌
我的来意

六月荷

南 飞 雁

秋意浓
南飞雁
你是自然界的书法家
天高云淡间书下两个大字
"人"和"一"
你在布着天人合一的道吗
思索着其中深意
如读春秋

秋意浓
南飞雁
你是佛祖派来人间的邮差吧
送去南来北往的牵念
抚慰春去秋来的期盼
鸣起温暖的福音
再见你时
又逢春天

秋意浓
南飞雁
轮回的石碑上镌刻着

> 第一辑
> 流淌

你优美的风姿
我是你的崇拜者
我会一直在这里
等你

六月荷

岁　月

昨日的夕阳
今日的晨光，延伸着
生命的长度
终点，没有人知道
心啊！一把尺
丈量着岁月
丈量着心路
起伏不定的开阔

试图延缓你
无情的脚步
哪怕稍慢一些也好
如此渴望
生命的奇迹
丢弃吧！丢弃吧
沉重的背负
尽管里面包裹着
青春的美丽
纯洁的青涩

第一辑
流淌

希望的颜色

秋雨，悲伤的铭文
堆砌冷凄
叶子残留，最后的血
微弱地喘息

孤寂的街灯下
一个独自哭泣的女人
哀伤在指缝间流淌
痛苦是那样刺眼
秋雨，似乎没有穷尽

为什么悲伤
为什么会有悲伤
我不知道
你苦海的方向
只将手中的彩虹送给你

至少它是，希望的颜色

六月荷

美丽的秋天

周末的我
迫不及待来到郊外的田野

天空像蓝色的披风
大地像戴着五颜六色的花的新娘
引得蝴蝶儿阵阵围观

多么美丽的秋天啊
我爱这如洗的纯洁
我醉这如画的静美

让这自由的风
抚摸我的脸颊
顺便掀起我乌黑的长发

第一辑
流淌

秋　雨

告别狂热，只需
一场秋雨

一位中年人
编织的沉思，滴落的欢愉

土壤是圣洁的宫殿
回忆，一个胎儿
憧憬，另一个胎儿

饱满后的坍塌与挣扎
一场新生
延伸稍前的执着

芳草，湿润的睫毛
眼神如池，挂满
领悟的韵纹

沉默的湖底，仰望
一枚飘落的红叶
我的无言的手，挥别
一个背影
一场雨，酝酿已久

六月荷

秋　收

秋风点亮
树上的灯笼
照亮眼睛

小虫，鸟雀
滚动的车轮
一起涌入田野

丰收的歌
自然的节拍，溅起
金色的浪花

幸福，留下
延续的种子
鼾声，作为酬劳

第一辑
流淌

中　秋

平凡的日子
渴望纪念，终于
在一个秋天找到理由
关于月亮

推开记忆的木门
挤在一起相互取暖
而后倾听，古老的语言
那个被一再重复的故事

两个月亮，对望
始于分开的瞬间
天上的，圆了
地上的，被拉成弦
一个问号
问断多少诗人的惆怅

一根线
牵着两端，生疼，生疼

|六月荷|

秋　叶

叶吻了树
为一起幸福的时光
为一起醉人的浪漫
我是你的叶
要回大地休整
在金色的季节里
与你说再见

叶吻了蓝天
为一起默默地守望
为一起美丽的衬托
我是你的叶
要回大地休整
在金色的季节里
与你说再见

叶吻了记忆
为绿荫下的欢歌
为绿荫下的私语
我是你的叶
要回大地休整

第一辑
流淌

在金色的季节里
与你说再见

再见！再见
亲爱的叶
不要悲伤
这只是短暂的别离
很快！很快
我们会再次相见

六月荷

白　露

我所热爱的
太阳，大海，风
是我的森林，窗外
季节无声

时钟面无表情
公平地拒绝所有馈赠
白露的枝条上，掉落
纷纷的孤儿

理想，自由，爱情
没有名字
而疾驰的流年
上帝！它没有车轮

第一辑
流淌

秋　　思

我梦见，秋天
你的美
胜过身后的牡丹

因为，所有
被距离渲染的丝线
已被我兑换

兑换成，永恒
不变的粮食
我丰收的思念

不能睁开，眼睛
总会廉价出售
尤其面对血红的叶子

黑色的马
在黑色的田野里
不断，收获秋天

六月荷

元　旦

站在时光的节点
目光穿过雪花的缝隙
看见燃烧的桃林
你在林间　回望
我正叩响　春天的门

古老的崖壁上
留下　一道刺青
兑换自己的年轮
出浴的红日
映染腾飞的石阶
和青苔上的痕

站在生命的节点
一个新的站名
我向后看了一眼
枯草倒向一边
脚步加快也无济于事
花开　只与季节有关

雪 松 之 恋

我知道,你会来
却不知何时
就在今天
睁开蒙眬的双眼
你翩翩来临
我伸出臂膀迎接你

你洁白的身影漫天飞舞
骄傲地向世界宣告
你已经来到
你温柔地降落在我的身上
像柔软的棉絮
这是你纯洁的情义

我们紧紧相拥
尽情倾诉思念
不愿让风吹落
你的花瓣
我要你在我的肩头
轻轻地,慢慢地,融化
沁入我的心里

六月荷

我要和你一起迎接春天
一起仰望，蓝天上的白云
你青春的相片

我知道，你会来
所以我静静地等待
雪啊！我圣洁的爱
在初见你的地方
我选择坚守
怕你因找寻不到而彷徨
终于，终于在今天
我喜迎你的到来

第一辑　流淌

冬的出口

钢筋水泥的丛林
容不下所有翅膀
这是冬的旷野
在你的乍寒里
寻找春的初暖

与残存的生命合影
存在一再被狂热藐视
沉浸在失去的长河里
发出怜惜的哀叹

光影掠过风
秀发一丝不乱
三叶草，在栅栏的两边
脚步缓缓向前
入口已很遥远
出口，也许有，也许没有
我已不再顾盼

心，由一片宁静陪伴

| 六月荷 |

宁静里的思念啊
我平行的线
当一对鸳鸯入画
是否便是,冬的出口

圣　　诞

疯狂的城市
抖动满身的霓虹
展示性感
游荡在舶来的激情里
并不熟悉它的历史
妩媚的作用
唤醒，原始的冲动

文明的外衣有些短
无法掩饰粗卑
有些空，有些冷
于是，挤作一团
任腐朽的味道
在空气中弥散

迷离的星
有些困倦
世界盖上厚厚的棉被
开始在暗黑里操作

第二辑 布谷鸟

这个时节麦子已经收了
苹果尚且青涩

六月荷

布 谷 鸟

我知道,这个时节
麦子已经收了
苹果尚且青涩
草丛里的布谷鸟
应该还在吧

灵犀,散落
在一条小路上,我听见
你的呼唤
如澎湃的潮涌
如起伏的山峦

陶醉倾注于岸上
我从波光里溯洄
一叶小舟,一支长篙
我并不孤独,你
那么近,那么近

思念的高度
登临顶峰,我们

| 第二辑
| 布谷鸟

即将相见
麦子已经收了
苹果尚且青涩,草丛里的
布谷鸟,应该还在吧

|六月荷|

油　　画

无比亲切
远方那片燃烧的云彩

在我澎湃的海上
是你，绯红的脸颊

一个又一个，北国的
渔舟唱晚

我的急切的目光
不愿错过，每一秒

展示的油画
我的记忆的底片

你的青春，绯红的脸颊
一支悠扬的乐曲

夕阳下，轻轻地
一遍一遍，反复弹奏

第二辑
布谷鸟

燃烧的愿望

还记得吗
两只牵着的小手
溜光的竹篮
缝隙里可以编织蓝天
明亮的小铲如镜
映出两张鬼脸
弯弯的小路啊
通向春天的麦田
蝴蝶与蒲公英闪烁其间

还记得吗
童年的欢歌，总是忘记
初来的主题
慵懒的太阳
西山是它热爱的枕头
篮子里
满满的春风，没有得意
牛羊的晚餐
夕阳下
变成燃烧的愿望

六月荷

梦中的院落

轻叩,春天的门,回应
一枝粉色的桃花

一小撮冬天
迷失在春天

季节后面还是季节
该种豆时必须种豆

在思绪的海里结网
打捞热爱的眼神

珍贵的收藏
来到阳光下

寒风的笑声不断减弱
温暖的方向始终不渝

一个梦中的院落
再度归来

轻轻叩门
轻声呼唤

第二辑 布谷鸟

醴泉九嵕山

远古的鱼爬上海岸
九条长须拱起
高昂的头颅
面对一个盆子
和南面高耸的边缘
一种吸引,千年前
大唐盛世的缔造者
牵着一匹三色的骆驼
住进鱼的眼睛,从此
眼睛发出灿烂的光辉
照亮整个盆子和天空
御杏和苹果开始丰收

盆子里生长着麦子和
它的主人
——龙和马的后裔
他们在盆底作画
延续久远的画风
豪放、古朴、典雅
鱼开始着迷
不再想念大海

|六月荷|

于是，提笔
着彩，对着脚下
流淌的镜子，描绘出
一轮又一轮的娇艳
观众越来越多
远近皆入画中
每个人，都成为笔下
一朵耀眼的浪花

第二辑 布谷鸟

醴泉，我的故乡

醴泉，醴泉
我的故乡
你在人间三月天
被燃烧的大海淹没
红色的浪潮，汹涌澎湃
此刻蜜蜂成为勇士
在风浪里穿梭飞舞
这是勤劳勇敢者的战场
采集所有火焰
酿制一场热烈与甜蜜

醴泉，醴泉
我的故乡
你的怀中拥着
历史的荣耀
九嵕山上的风啊
依然吹奏着
悠悠的贞观长歌
醉了桃花，杏花，苹果花
醉了长眠于此的祖先
醴泉湖满盛你感动的晶莹

六月荷

我潜入肥沃的海底
播撒热爱

醴泉，醴泉
我的故乡
我的爱在枝头盛开
我的诗在枝头绽放
结出无数个太阳
驱走黑暗与苦难
照亮母亲
啊！醴泉
我的故乡
我的海洋
我的理想
我的生命
我的归宿
你是我永远的草原
我是你永远的牛羊

第二辑
布谷鸟

咸阳湖之恋

山之南，水之北，咸阳
尊贵的修行者
渭水汤汤，东逝不回
穿越南北与古今的爱情
而爱的结晶，咸阳湖
不是失落的玛瑙

大厦林立，俯首饮水
留恋沉淀的时光
鱼儿，跃出水面
亲吻这自由的风
我情愿，坠入
被你吹皱的粼粼波光

渭城朝雨，不再是
西行的愁绪，清渭楼
兼容并蓄的繁花
映红一条回归之路
而雨后的朝晖里
你仗剑起舞，波澜
我，心中的湖

咸阳渭滨公园

六国宫,连同
囚禁的哀伤,一并消散

千年的桥墩
露出地面,没有腐朽

荷塘依旧
青石在四周,镇压泥泞

战斗机,始终
高昂着头颅,和平的边缘
翻滚着黑色的狼烟

桃林,牡丹,菊园,蜡梅
季节走过,石拱桥
陆地与湖心岛
难以割舍

水鸟,揉碎倒影
小船,何处隐匿
月光,倾泻给

第二辑
布谷鸟

忧郁的诗人

唯一的纪念碑
刻着她的名字
邵小莉，年龄相仿
一束鲜花，让距离
很近，很近

六月荷

古 渡 廊 桥

廊桥，没有风雨
它刚刚离开
沉醉的脚步，忘却
柳下的画作
渲染秋天的来临
我从远方来
在金色的季节走过你
看见，一个冰冷的夜晚
你，完成跨越

即使蕴含着
风雨的喻义，我相信
没有人愿意用悲凉将你描绘
连接南北对望的深情
连接宁静的湖
与奔腾的河流的脉搏
湖是河的可爱的孩子
而雄伟的你
在宽阔又寂寥的江河之上降生
你，是谁的孩子

| 第二辑
| 布谷鸟

孤独的夜,黑如礁石
你,是明亮的
灯下,你的名字两侧
是两位忘年的友人,撰写的楹联
"赏秦风渭水,揽汉月函关"
今夜,你并不孤独
永远不会
还记得我的疑问吗
你用微笑作答
一座桥,通了

圣　殿

童年的圣殿
在旷野里
蒸发了所有血液
荣枯之间的距离
恍如隔世

光荣的墙壁
草丛里，是它的下半身
孤独的风
吹过久远的操场
今天的麦田

鲜红的花朵
在丛林里
进化得无比坚硬
我的影子
落在脚下
回不去的故乡

第二辑 布谷鸟

青　春

照片排列成，时光
流淌的模样
记忆的栅栏上
缠绕着成长的藤蔓

石阶上的执着
涂抹着
倔强的色彩
攀缘而上
开启一把锁
呈现，火红的洞房
汗与诗完美结合

一只船，载着
灵魂
寻求热爱的海岸
没有回头

六月荷

小 夜 曲

池塘边
奏起小夜曲
跳动的音符
久违的旋律
蛙声唤醒记忆
缓缓融入夜色

音乐的小船
沿着时光的河流
漫溯，淡淡的乡愁
走了那么久
走了那么远
如断开的莲藕
却无尽地丝连

你是圣洁的起点
我是美丽的延伸
如这今夜的蛙鸣
如这陌生的池塘
如这宁静的夜色
如这轻轻的寒
如这淡淡的思

哦！这美妙的夜晚

第二辑
布谷鸟

青 春 远 行

走吧　走吧
我的孩子
不要回头　不要回头
火车的长笛是集结的号声
广阔的世界是青春的征程

鼓鼓的行囊啊
请轻一些颤抖
背负你的肩膀　稍显稚嫩

莽莽的群山啊
请为青春的远行做个轻松的仪式
雄鹰展翅的时候给你深情的俯瞰

悠悠的长风啊
请代我再送一程　再送一程
山花烂漫的时候
给你所有的芬芳　捎去远方

走吧　走吧
我的孩子
不要回头　不要回头

六月荷

月 牙 儿

月牙儿
开心的嘴角
深植思念的根系
记忆，始于
母亲的味道

许多，月牙儿
一起列队等待沸腾
熟悉而温暖的手
捧起脸蛋
相视而笑

月儿圆了
挂在遥远的天际
寒冷的季节里
思念发芽
芽尖上，挂着月牙儿

还是原来的模样
还是原来的香

第二辑
布谷鸟

履　历

北面是北山
南面是南山

降生在盆底的麦田
黄土，我的养料

祖先在皱纹里耕耘
死后，埋入皱纹

揭开季节的面纱
一半疼痛，一半沉默

追求的路上
没有侥幸

努力接近边缘
触摸未知

万物在一口锅中
上帝开始烹饪

|六月荷|

仆　人

背负着太阳
做它忠实的仆人

希望，太阳的乳名
从东山到西山

一条路，走了很多年
变化的是一张弓
不变的是黄土的腔调

月下的甘露
湿润了，干渴的喉咙

信天游点亮了满天星斗
这一刻，你成了太阳

麦　田

那个春节，寒冷
仿佛昨天
今天很温暖
梦，选择在白天启程
夜不再是温床
于是，不断擦拭
记忆的镜子

触摸不到时光的裂痕
而怅然的眼神
努力寻找着，霜雪
初次降落的节点
光线模糊，不能
错怪了太阳

熟悉的号码，连接
干渴的麦田
奔涌的河流，翻腾起
一朵朵欢乐的浪花
妈妈，妈妈

六月荷

回　　归

北方是山，脚下
是平原
北方以北
我想知道，你的容颜
跃过龙门，来到
北方以北，山外
还是山
山外是陌生的大漠
心里装着
一片绿洲，大漠的春秋

小溪汇入江河
江河汇入大海
路的尽头还是路
风起云涌，雪花
盛开在圣洁的山巅
春天来临
一路蜿蜒着回到平原
唱着曾经的歌
回归，绝对惊艳
一切仿佛昨天

第二辑
布谷鸟

小村的太阳

一条小路
印着快乐的脚印
一座小院
装着所有的欢乐与悲伤
一棵梧桐树
凤凰落上枝头
成为唯一的愿望
聚集所有想象
只因一对翅膀

白云，一种诱惑
天空，一种召唤
雄鸡是光明的使者
唤醒沉睡的村庄
我的书包里，装着
满满的期待
用稚气的歌
第一个，迎接太阳

木　门

土墙里
斑驳的木门
像没有牙齿的
爷爷

迎来送往，很多季节
很多人
出了门，再也没有回来
木门还在
它认识我的童年

很多年后
我，回来了
木门
做了我乡愁的书签

乡　音

一道道土梁
如祖先额头的皱纹
所有风里
都含着黄土的腔音

童年的欢歌
在手足之间传递
除了旧衣，还有
母亲的味道
星夜里，父亲的肩头
镌刻的眷恋

一条小船
停泊
在淡泊的心海里
轻轻摇曳
诗人笔下的夕阳
似水流年

六月荷

小　　路

无数次梦里
走入你怀里
无数的岁月流过
你，还是原来的模样
两侧的白杨
像欢迎的士兵
掌声在风中响起
热烈而奔放

牵牛花，芬芳依旧
蝴蝶不再是追逐的目标
我乘风而去
向着远方
你默默地守望
月下花开，你微笑着点头
一叶知秋，零落成泥
你微笑着颔首
倾听，轮回的诉说

啊！难忘的坐标
航行的起点

第二辑 布谷鸟

我渴望走入你的怀中
重温青涩
忘情地徜徉
忘情地休憩
即使在梦里
即使你,变成沧桑的模样

六月荷

山　峦

沸腾的血液
流过遥远的界碑
那里刻着你的欣慰
天色已晚
你还在留恋
我已然模糊的背影

夕阳下，山峦的暗影
你的肩膀的轮廓
曾托起稚嫩的我
触摸蓝天
用生命的热量，换取
一双飞翔的翅膀
一片广阔的色彩
你在眼前，我已开始怀念
因为眼前，只是爱的封面

夕阳的光辉
你的眼神
渲染着我的世界
我要载着你，飞越

> 第二辑
> 布谷鸟

你永远无法走出的远古沟壑
俯瞰纵横的江河
触摸流淌的时光
看夜幕缓缓落下
扶着你的肩膀,重温
那个纯真的梦

六月荷

镰　刀

雨　下了很久
墙角
蜷缩的镰刀　想起
长眠村外的
爷爷
流着褐色的眼泪

荒草　淹没了
回家的路
大地和天空一样混沌
我挥起　愤怒的镰刀
乌云顿时乱了阵脚
缝隙里露出金色的胡须

很早以前　您说过
这是
爷出来了

大　秦　岭

我，在太空守护着
古老的羊群
北斗，我精准的眼睛
注视着，羊群
在一只雄鸡的
心坎上
东西绵延，繁衍牧歌

一根绝美的脊梁
挺起，十三个朝代
高贵的头颅
回荡骚客的吟诵
镌刻流芳的篇章
千里锦绣，四季壮美
我，永恒的爱恋

潺潺的溪流，你的血脉
汇聚之后蜿蜒北上
连接祖国的心脏
送去
一腔清澈的忠诚

六月荷

如你的博大,如你的厚重

白云悠悠,清风徐徐
一种浪漫的仪式
走进你的葱茏
长久地驻足,不忍离去
我俯下身去,捡起
你始终无法消融的一缕白色

第二辑
布谷鸟

蜀　　道

蜀道上的天空
不再是，鸟的专属
秦岭深处的篝火
早已熄灭
诗人已经走远，只留下
传说和崖壁上的诗

翻越，聆听天籁
集聚众多的眼神
走向辽阔
别离，一种疼痛的体验
让灵魂趋于完美
掀起红色的盖头
拥抱花前的新娘

巍峨，一种阻断，两侧
冷暖分明
却是相同的季节
穿越古今，坚硬的岩石
不为片刻的温存
只为蜿蜒里邂逅的执着

六月荷

如诗的诞生,澎湃之后
的平静
脚下的炽热,升腾
一颗赤子之心,仗剑天涯
只为,看你一眼

第二辑
布谷鸟

雕塑，还有灵魂

一，是第一
一，是统一
一，是万年
的开始。种子
在相同的文字里发芽
根，深植于
一幅完整的山水画中
做千年的繁衍

广场上，你与
长剑，披风，战马
一起凝固
大风！大风
卷起所有
对于英雄的想象

不是偶然，使命
一种召唤
走出历史的册页
你的目光
映着，一个民族
高贵的思索

|六月荷|

历 史 之 父

追寻中重合了些许你的足迹
追寻中走进你曾徜徉的时空
古之夏阳，今之韩城
这是梦开始的地方
这是旅途的起点
拉开记忆的序幕
从此，记忆不再休止

你书就历史的永恒
历史铸就你的光辉
长长的星河里
你星光熠熠，璀璨夺目
映出禹山满山的红叶
映出长安的雄浑与厚重
映出史家之绝唱
映出无韵之离骚
映出东方文明不朽的诗篇

长河上游
传来悠悠的埙乐
轻拨沉思的心弦
鲜血浸透

> 第二辑
> 布谷鸟

乐声里的凄婉与真实
羸弱的身躯
泰然自若
执着与刚毅,神样的存在

如豆的油灯啊
幸运之神的眷顾
见证伟大的诞生
青青的竹简啊
得道的仙竹
方寸之间
黄帝微笑,始皇仗剑
诸侯人臣,垂手侍立
十二本纪,三十世家
七十列传,十表八书
沧海桑田,风云变幻
卷舒之间,三千年往事如烟

而你独立寒秋
目光如炬
手持竹文
脚下踩着
二十五史之首的名号
那竟是一种
迷人的伟岸

六月荷

新 丝 路

公园里　矗立着雕像
一种提醒
对不朽的纪念
第一个睁眼看世界的中国人
西汉张骞
千年之后
你又站在　西行的起点

地上本没有路
总有人先走
匈奴的冷月　十年孤寒
万水与千山　风雨兼程
历史的选择
旗帜上的荣耀
书中文字
难以覆盖　所有艰辛

一个历史名词的诞生
世界多了两条路
一条刻在陆地
一条飘向大海

第二辑
布谷鸟

警示的路标旁
白骨放弃了狰狞
我们依然相信骆驼

雄关前开满鲜花
文明的竹简漂洋过海
一个民族重新上路
初始的心
不曾改变

六月荷

节　日

大海在节日里
决了口
一瞬间
海水淹没了草地
撕裂了
大地的裙衫

城市角马开始迁徙
壮阔啊
不断吞噬自然的肥美
高雅的舞会
绿色的地毯
世界来到沸点
海底流着绿色的血

夜幕降临，小草
在黑暗里独自疗伤
原始的土著——小虫
唱起欢庆的歌
它们，夺回了
它们的世界

海

身体里的太阳
开始释放
温暖苦难的母亲

大河里流淌的文字
涤荡着鱼和草的灵魂
聚拢世界的目光

古老的作品
竹简上的火焰
千年不熄

逆流而上
或者,顺流而下
但忠于大海

六月荷

战　争

世界，苦难的面纱
因为浑浊的眼睛

无助的希望
消失在逃亡的路上

表情从麻木走向凝固
火海里，寒冷刺骨

隔网相望，绝望中
一再瞪大眼睛

等候着，某一刻
死神，无情地打捞

第二辑
布谷鸟

黄　　帝

一位祖先，长眠山顶
亲手种植的翠柏
根入泥土，千年的深度
蕴含
一个民族的基因
结出许多太阳
太阳的光辉，覆盖了
一个蓝色的星球

山下的庙宇，香烟缭绕
遥远的梦
适合所有土壤
总在一个纪念的日子
选择回归
拥抱土层深处的沉默
为血液里相同的麦子
找到信仰

一棵树，一座山
一个简单的标识
可以找到回家的路

|六月荷|

所有漂流的种子
生根，发芽，枝繁叶茂
而所有的枝叶，都连接着
大地深处
关于根的故事

第二辑 布谷鸟

足　迹
——给红色延安

因为一座塔
一座山，有了名字
后来，成为图腾
山下，我是匆匆过客
风云，千年的文武
眼前，五颗星星
畅游在红色的海洋
一种鼓舞的色彩

自由与解放
吸收了鲜血的营养
我听到猎猎的声音
江河的呜咽
母亲的悲音
号角，炮声，呐喊，欢呼
沉寂不是停止

山还是山
塔还是塔
河流缠绕着神圣
我彳亍在山间小径

六月荷

你的脚印
我的脚印
千千万万个脚印
一个倒下,另一个接上
你的硝烟,我的平静
一种精神
自下而上,传播开来
像极了春天的花

血肉,不同的血肉
灵魂里蕴含着
含铁的矿石
拥抱的泪,是你的柔情
你来自万里之外
云知道,水知道,风知道
冰雪知道,季节知道
石头知道,黄土知道
历史知道,并记下了你的足迹
因为历史,并不冰冷
没有断裂!没有断裂
一切是另一切的延续

山下,我是匆匆过客
我走了,但我来过
我来过,不仅仅是一次朝拜

第三辑 风筝

夕阳依旧
风变了方向

六月荷

风　　筝

不经意像梦
捉摸不定
又是那条小路

捡起记忆的线
将时光的风筝
慢慢收拢

绿色的记忆
始终无法对应
脚下的枯黄

是我错过了季节
还是季节忘记
沉睡的我

夕阳依旧
风变了方向
岩浆与冰雪一同涌入躯体

我听见灵魂的呼唤
将线剪断
目送风筝缓缓飘远

雨

睡意在窗外
留恋路灯下的飞蛾
愿你的青睐
放慢脚步
这个时刻　这个夜晚

诗在海里
灵魂坚守着灯塔
我的摇篮曲尚欠火候
无声的歌
却有人听出
蜘蛛结网的哀伤

请问　笔下苍龙
将飞向何方
能否带回一片　含雨的云
雨融着梦
丝丝落下

六月荷

追 梦 人

你在哪儿
我一直在寻找
唯一的希望
也是仅有的线索
隐藏在梦里
梦里，我们曾经相见

你在哪儿
在浩瀚的大海上吗
海风，吹来些许你的消息
在苍凉的大漠上吗
夜空，回荡着你的余音
在茫茫的雪原上吗
雪上，留着你依稀的足迹

你在哪儿
试图走遍
每一座高山
每一片森林
每一条小溪与河流

第三辑
风　筝

每一叶孤独的小舟
每一座长满茅草的庙宇

你在哪儿
我跌入沉思
异常坚定的脚步啊
是否会是一种迷失
打开罗盘
选择一个吉祥的方向
走过春
走过夏
走过秋
走过冬
又遇春时，春啊
依然动人，依然美丽
我赶忙拉起柳枝
掩饰无法掩饰的沧桑

你在哪儿
不知道风雨还要多久
不知道跋涉还有多长
我的能量是否足够
为了节省时光

|六月荷|

我决定不再去烧香
追寻没有尽头
我们都在路上
当线终于交会
与理想的相逢
既是终点,又是起点

第三辑
风　筝

图　腾

春的迷茫
只有前方

直到相逢，桃花
燃烧的爱情

忽略麦田，忽略太阳
选择相信一切语言

温暖与寒冷藕断丝连
幸福的影子取名痛苦

灵魂的刻刀
刻下心形的图腾

岩石上的爱情
留给考古人

六月荷

暴风雨

驿动的心
飞向新的憧憬
世界旋转着
起点与终点一再重合

使出全身的力量
打磨生锈的刀锋
出鞘的寒光
斩断纠缠的迟钝

期盼着,期盼着
一场暴风雨的来临
撕开迷惘的幕
惊醒沉睡的精神

脚下的泥泞,我的画板
用脚步绘制自己的倔强
待雨过天晴
驰上天际的虹
让灵魂在飞翔中
捕捉一场新生

第三辑
风　筝

风 雨 之 路

希望之光
在山的另一边闪耀
这是一条必由之路
寒风、凄雨、冰雪、险峰
在狞笑
贪婪是它们的天性
毁灭是它们的嗜好
我无意躲避
我已在路上

趁道路还没有湮没
趁身体还没有凝固
趁胸膛还没有撕裂
趁灵魂还没有破碎
前进！前进
不能倒下
不能就此睡去
翻越这高山
跨过这冰河
就是温暖的家
那里有炽热的火

六月荷

那里有温暖的拥抱
那里有希望的寄托

我风雨兼程
我已在希望的路上

第三辑
风　筝

欠你一个拥抱

还记得那次攀登吗
跋山涉水里
一群铮铮的勇士
一日四季的梦幻
极致巅峰的豪情
笑傲云海的感叹

还记得那次攀登吗
披荆斩棘里
分明手足的兄弟
无力抵御的严寒
是你相拥的温暖
崖边流血的脚啊
是你及时的扶搀

还记得那次攀登吗
引吭高歌里
莹莹的泪光
熊熊的篝火啊
炽热的情谊
回望那山，回望那泉
众里寻你，分明知道
我，欠你一个拥抱

六月荷

坚 守 花 开

春雨
滋润了
枝头的守望
灵魂寄居在桃花里
迎着微风欣悦绽放
田垄边上，一簇地丁
含着雨露的紫色小花
去年没有它

春天
年轮的入口
向左或者向右
给决定取个快乐的名字
总要回到起点
即使残缺的美丽
小妹的歌声在丛中飘荡
一首新歌

选择坚守
不只花开

第三辑
风　筝

迷　失

天空，脸色灰暗
急切地寻找着
儿时的云
找不到水源
羔羊与花朵
迷失在水泥的丛林

孤独的夜里
世界在寻找一把勺子
一头指向村庄
另一头，指向粮食和水
走得太久
丢失了鞋子和衣裳
丢失了古老的语言
与石头群居

包围圈不断缩小
搬开石头
寻找睡眠

翅　膀

我做了一个梦
我来到一处安静美丽的旷野
这里可以安放我的灵魂
在丰茂的草丛中
我抽了一根草穗
衔在嘴里
一晃一晃的
草香里微微的甜
我喜欢这味道
或许我的前世是牛或羊吧

前所未有的舒畅
闭上沉醉的双眼
贪婪地做着深呼吸
像个流浪汉
遇到一桌丰盛的晚餐
也许，这就是美丽的天堂吧
我在蓝天下狂奔
像一匹野马
在一条清澈曲折的小河边
收起耳畔的风声

第三辑 风　筝

缓缓地踱步

我发现一只金色的蝴蝶
落在一片绿色的叶子上
蝴蝶，蝴蝶
你在这里做什么呢
难道，你也被这里的美景陶醉
难道，你也累了
在这里停歇
这些我和你一样
可我不能像你一样飞
你经历了破茧成蝶的苦痛
兴许我也需要一次破茧吧
梦啊！梦啊
请暂时不要醒
我希望梦醒时分
我看到自己
有一双，美丽的翅膀

六月荷

梦　魇

灵魂，离开肉体
看见自己
不断陷落
承受压迫
无法触及
被绑缚的手脚，蜷缩
在一片黑色的混沌里
拼命地，拼命地
想要突围，想要起身
却无处着力

四周充斥着狰狞
狂笑声从空中传来
失去方向
无法呼吸
拼命反抗
却掉入无底的深渊
惨叫！突破的号角
猛然坐起

第三辑
风　筝

另一个世界
下着冰冷的雨

窗台、晨光、绿萝、鸟语
回神自顾，庆幸
我，重回人间

六月荷

相　　遇

相信了缘
从此，不再有偶然
柳暗花明，只是
一个约定
生命的相遇
镌刻在骨头与心上的文字
留给时光阅览

相遇在知天命前后
一个背影
似曾相识
而转身后的眼神
分明是熟知
却始终无法想起
隐约的初见

相逢，缘，因果
从此，我信了必然

第三辑
风　筝

茶

一个绿色的梦
明前采摘
仙子一袭罗纱
飘然杯中　轻轻舒展
缓缓落下

附着梦的叶片
看见陆羽
看见《茶经》
看见萎缩后的漂浮
看见饱满后的沉降
品味苦涩的尽头
一缕淡淡的甜香
类似于生命中的种种

灵魂的源头
清澈见底
而聚集的幽暗　升腾起
筋骨储存的阳光
一场震荡之后
唤醒诸多生命的脏器

六月荷

风

昏暗的角落
散发着腐烂的味道
尘封的海上
漂浮着我的尸体

推开窒息的窗户
迎接含着马蹄的风
草里的风
沙里的风
石里的风
救命的风

睁开眼睛,阳光下
一地散了架的牵挂

第三辑 风筝

荷　韵
——寄呈闫西京老师

诗情与画意
在冬的旷野里
不期而遇
梅兰竹菊的生命之约
淡而幽香
笔锋轻舒，墨彩婉转
走进你的山
灵魂在空灵中涤荡

那条小径
雪上的足迹是否还在
我欲重复那迷人的蜿蜒
是否能将理想与朝霞相连
遥问仙鹤
你的主人
正驻足在哪片云彩
松涛阵阵，鹤舞九天
回归却是一种必然
那是与自然的爱恋

六月荷

展开生命的长卷
荷韵里酿就思索
茶烟袅袅,升腾起
一段清晰的历史脉络
如拭明镜
镜中眼神
清澈如泉

荒漠中的孤树

独自站立
在荒漠中一处高地
苍茫的风
吹动青春的发丝
沉默无言
你是蓝天下的忧郁

独自站立
在荒漠中一处高地
狂风,坚韧地独舞
骤雨,纵情地高歌
而后在无边的炽热中,静守
一片阴凉
给孤独的行者

独自站立
在荒漠中的一处高地
风雨啊
无须掩饰我的哀伤
只愿捎去,我
对远方的思念,还有
一首关于站立的诗

六月荷

石　碑

车轮，飞快地旋转着
碾过所有风花雪月
如梦，了无痕迹

眼前的道路纵横交错
简单的信仰与纯洁的追求
成为艰难的抉择

心中筑起伟岸的雕像
却始终看不清你的模样
纵然沐浴在春天的阳光里
也无法把握曾经的愿望

错与对的故事
永远没有结局
路旁的石碑上
刻着圣人，不朽的传说

第三辑
风　筝

漂　流

在夜空寻找，闪电
留下的图案

沿着希望的根系，看见
树干，叶子，花，太阳

灵魂出逃，跌下山谷
痛苦，挣脱缰绳

继续等待，继续上路
光线，没有主人

拒绝一切同情的目光
选择独自漂流

一次必然的出现
伤口，开始恢复

六月荷

存　　在

走进秋雨
我告诉自己
你，一直存在
或近，或远
只有极致的美
才可与你相称

牵着信念温暖的手
你会是一个等待吗
或者，我是一个期待
也许会错失方向
也许需要很久
我最初的心啊！不会改变

因为我相信
你，一直存在
或许，有一天
一个平常的街角，转弯处
一瞬间，发现
一个期待已久的
回眸

第三辑 风 筝

走进秋雨
告诉自己
你,一直存在
因为我相信
相信这个世界
相信爱

六月荷

匆匆那年

一个烙印
总是不经意间被触及
离愁别绪
被风吹起
笼罩整个山林

掩埋痛楚
拭去滚落的晶莹，拥抱
微笑着挥手
我会记得你
我会想起你
别离，在壮丽的起点

苍茫的大海上，仰望
夜空的繁星
默数，生命之树
同心的年轮
最迷人的几圈
我们曾一起描绘

第三辑
风　筝

题《吉利图》

雨打芭蕉
滴落
许多绿色的梦

荔枝的私语
绽开半月形的娇嫩
月下，走来贵妃当年

小鸡的欢歌
醒了，一院宁静
低头寻觅

散落脚下的安详

|六月荷|

八月邂逅，一起唱歌

丝带在风中飘舞
空气中的蝌蚪成群结队

捕捉风中的自由
或者一个出口

在梦中的田野蜕变
旋律，熟悉的跫音

麦克风里的太阳
让热爱起飞

昨日重现，经典
信手拈来

擦亮记忆，延续
投射给彼此的光芒

第三辑 风筝

冬天里的春天

今夜,我又开始执笔
已经间隔了些许时日
是我放纵了惰性
肆意地生长
尽管这是曾经深深的厌恶
直到你的到来

唤醒沉睡的灵感
如一缕春风吹进寒冬
熟悉的灯光
熟悉的梦境
泉水重新喷涌
河床又一次丰盈
逃脱沉重的禁锢,重获自由

投去我感激的目光
或许,你并不知晓
你带来的春意
于是,我离开蜷缩的山谷
走向太阳
看见起伏的山峦

六月荷

如同绵延的生命

大浪淘沙,时过境迁
唯一不变的渴望
一种清澈而隽永的存在
心中的诗
便如我们一路走去
走进风景,增添一抹靓丽
便如寒风中
看见,你翩翩走来

第三辑 风筝

幸福时光

清晨,蔚蓝的天空
两只燕子,飞过玉兰
落在不远处的电线上
与我对望

一种简约的美丽
退化了记忆
这丝毫没有令我哀伤
我依然深爱着
眼前宁静的时光

信步,来到郊外
高远的天际
一片云
独自洁白,独自悠然

第四辑 草原

在每一个晴朗的傍晚播种
在每一个晴朗的黎明归仓

六月荷

草　原

寂静的空气里
看不见躯体　只有
胸中达达的马蹄

奔驰的骏马
在夜里陷入沉思
关于来去的疑惑

枕着草原入睡
梦见跳动的花朵
屋顶的屋顶　结出
闪烁的粮食

在每一个晴朗的傍晚
播种
在每一个晴朗的黎明
归仓

第四辑
草　原

风　语

影子，攀上柱子
悬挂光线
身体的另一边
太阳，在河面结网

路过的风，窃窃私语
醉酒之后
开始掠夺树叶
顺便带走
空气里的水

影子被风干
不再腐烂

|六月荷|

野　马

一匹孤独的野马
在寂寥的诗行里
埋葬孤独
与生俱来的
冷峻，孤傲，忧郁
悲壮，凄美，伤口
渴望的眼神
游走在自由的河边

哦！我的渴望
为何现着回归的模样
阳光，田野，草帽
茅舍，袅袅炊烟
池塘蛙声，鸡犬相闻
我的渴望，原是从前
遗失的纯真与爱恋
一种温暖的陪伴
是爱的终极意义

然而，孤独
始终挥之不去

第四辑
草　原

世界从一种孤独
走向另一种孤独
黄色的火苗
渐渐熄灭

一匹孤独的野马
在寂寥的诗里
埋葬了它的哀伤
迎风而去
不再回首
向着寂寥的草原

|六月荷|

最后的晚餐

大地晃动着
干瘪的乳房
野草找不到爱情
困惑,疯狂地生长
星星成群坠入河中
无人打捞

一个星球
在夜里着火
一片接着一片
它的阴暗面
海水沸腾起来

上帝举起刀叉
开始最后的晚餐
汤里漂着
最后的鲸

第四辑
草　原

天　使

释放所有笑容
迎接一声啼哭
我的月亮
你的太阳

当躯体与灵魂完美结合
你不认为这是艺术
浇灌生命
培养对路的热爱

寻找隐秘的角落
融化冰冷
不能停止脚步
花开的地方
留给蝴蝶与蜜蜂

头顶的霜雪
映不出花季
一块石碑上，刻着
青春的誓言

六月荷

雪　　莲

我愿赤裸地
做一只羔羊
来到草原
追逐天空飘荡的你
风吹草低
我是你雪白的倒影

挪亚方舟的桅杆上，悬挂着
灰暗的帆
在倾覆的边缘残喘
天地重回混沌
盘古啊！　盘古啊
能否再次挥起你的石斧
失去的是否可以重来

为了永恒
我愿化作喜马拉雅的峰石
披上你圣洁的披风
站成悲壮的雕像
用坚硬的身体
撑起仅有的一片蓝
忧郁的眼神
守候一朵雪莲盛开

第四辑
草　原

浪　花

告别吧
岁月，无情的皮鞭
高高举起
抽向赤裸的肌肤
没有后退
停止意味着消亡

告别吧
昨日，已经走远
与痛苦言和
浪啊！被驱赶的灵魂
纷纷撞向终点的礁石
欢呼，最后的轰鸣

灵魂的碎片，飞向天际
每一颗都含着
一个耀眼的太阳

六月荷

海 市 蜃 楼

渴望，就在眼前
却无法聚焦灵感

表情的冬天
凝固了一双翅膀

一匹骆驼
在沙漠中寻找水源

必须忘记海市蜃楼
重新上路

期待与热爱
在空灵中生长

世界微笑着
留下背影

第四辑
草　原

牡　丹

初见你时
你在洛阳，华贵袭人

再见你时
你在咸阳，雍容依然

唯一的遗憾
你，从未走出围栏

六月荷

返　璞

华丽的外衣
沉浸在喧嚣里
曲终人散
匍匐于陈腐的香案

信任的火焰熄灭
激情的血液流尽
所有的回应脸色苍白
空洞的眼神掉入深渊
死神的狞笑
以风为马
由远及近

平凡的种子
埋入泥土
含羞的秧苗，顶端
一朵美丽的小花
幸福的花蕊
快乐的花瓣

第四辑
草　原

婚　宴

花的盛宴
招来无数蜜蜂
围了一圈，又一圈
演奏欢乐的乐曲
聚光灯下的主角
额头，短暂的光环
熄灭后，变回蜜蜂

鱼尾左右摇摆
掉落许多鳞片
露出昏暗的血丝
采完蜜的蜜蜂们
蜂拥而出
残余的花瓣
留给鸳鸯

六月荷

茶树与大象

开心的茶树
得到主宰的支持
迅速攻占
一座又一座山头
旌旗飘扬，族群兴旺

一头孤独的大象
眼睛里充满忧伤
茶树是它崇拜的偶像
本能地走近
寻求解除疑惑的良方

尊敬的茶树
您的芽，有很多春天
为什么？我的芽（牙）
春天，只有一个

茶树不解地摇头
哦！也许……
也许，风知道
于是，大象追风而去

第四辑
草　原

流　浪　汉

一直在残垣断壁间游走
这的确令人颓丧
难道这破败的景象
要伴随我的一生
曾经心碎
痛苦似乎没有尽头
孤独地走在
这个冰冷的世界
恐惧挤走灵魂，身体
变成麻木的躯壳

蜷缩在一棵老槐树下
呆看着最好的朋友
一只残破的瓷碗
你是我的知己
给我温暖宽慰
有你的陪伴
呵斥的声音，鄙夷的目光
我都无所谓
忠诚的棉袄啊
努力协调着我的破败与颓废

六月荷

一起走过的岁月
我的世界没有季节
为此与天地抗争
破袄是我的铠甲
破碗是我的武器

我有了神奇的功力
因为我发现
我变成透明的人
人潮人海中
没有人看得见我
啊！我成仙了
既然无人看见
索性走出喧嚣
山林中的小鸟被我惊飞
涧水中的鱼儿为我惊躲
突然间，我变得威严而伟岸
我不再透明
我是不透明的神仙

彷　徨

不知如何表达
我的真诚
语言的苍白与拙劣
蜕变成伤害的元凶
这是最不希望的结果
给自己万分的鼓励
一切设计的小船
在你的海里
瞬间沉没

不知如何表达
我的真诚
这是多么痛苦的事
徘徊在你的目光之外
是否注定这是一场失败
甚至怀疑这是否是一种真诚
不然为何这般虚幻
难道，这是一个考验
我不想等到明天

松 竹 禅 音

一盏油灯
豆样的火苗
一尊香炉
几缕袅袅的青烟
一个木鱼
奏出千年的梵音
一朵莲花
洗尽多少尘世铅华
一颗慈悲的心
种下多少善意
在芸芸众生的茫然中

我用深深的虔诚
拜了三拜
一次偶然,冥冥之中
却是无尽的等待
我想知道,这巍巍群山中
苍松翠竹间
隐藏着多少玄妙的禅意
涧水潺潺里
是否也曾有众人皆醉的叹息

第四辑
草　原

我沉重而来
却飘然而去
不因其他的欣慰
只为一个简单的缘由
我来时
你，刚好在

六月荷

未来的方向

蓝色的天空下
蓝色的大海里
一位美丽的姑娘
像一朵白云
自由地飘荡
柔和而光彩

云牵着我的视线
当她飘过我的身旁
我怯怯地问
你要飘向何方
云欢快地回答
未来的方向

第四辑
草　原

洗　礼

春幕，缓缓落下
激情沉寂
留恋的尘土
轻锁笔尖
窗外的雨
仿佛在归纳一个季节
而穿越露台的风
吹醒了一场春梦
躯体，木然等待着
滞留的灵魂

风雨，挥舞着长鞭
驱赶干涸的河床
抑或是一次拯救
那么，再来一声惊雷吧
让闪电撕裂沉闷
让集聚的丑陋
在旷野里枯萎
让精神的绿叶，在枝头

| 六月荷 |

迎接一次疼痛
在疼痛中涅槃

该走的会走
该来的一定会来

第四辑
草　原

裂　隙

蹒跚的脚步
在今天
而灵魂
去了明天的花园
它只喜欢未来的娇艳

脚步，为了弥合
一路狂奔
来到
时光的界碑
一切都未改变
一切都已改变

灵魂去了明天的花园
它只喜欢未来的娇艳

六月荷

太　极

一半月亮
一半太阳

两条追逐的鱼
一黑，一白

吞食宇宙
一切冷，一切暖

第四辑
草　原

发　现

早出，不因为太阳
晚归，不因为月亮

枝头鸟语是鸟的事
天空云飞只与风有关

时光旋转着，周而复始
那是人为的刻度

灵魂露出虚弱的面庞
此刻，饥肠辘辘

福，是个淘气的孩子
不经意被发现

竟然跳入，午后
悠闲的茶杯

六月荷

蓝 色 月 光

我，轻轻走进
一座小岛，深陷的孤独
没有什么渴求，牵引来自于
一种庄严的仪式感
必须穿越一座桥
桥下是生命的源头
此刻，像一条围巾
温暖着孤独与它的影子
幽深的思索

不，这不是阻断的天河
如果太阳的长箭，无法刺穿
乌云禁锢的铠甲
暴风雨，将随时来临
孤独，宁静，思索，仪式
一切的一切，没有尝试
必须接受洗礼
一如桥的另一边
喧嚣的大海里突兀的高地
那是个微笑而孤独的驿站
补给微笑，也补给孤独

第四辑
草　原

我，轻轻走进
一座小岛
没有了纷扰
此刻只有，我
和陪伴着的蓝色月光

|六月荷|

逝 者 如 斯

入口，所有身体
出口，没有光线
血液、城市、小溪
我没有看见鱼
出口与入口一再交替

河流上游
一位老者，播撒
时光的标签
寄予失落的灵魂
伟岸，缓缓走过

我，不再是我
鱼，不再是鱼
因为我听懂了，它的
语言：所有河流
都播种着时光

第四辑
草　原

以　　为

我以为，走过了季节
就离开了季节

我以为，只有看得见的线
才是痕迹

我以为，昨天的种子
不会在今天发芽

我以为，重叠的时光
只会在长河里消散

我以为，无尽的思念
只是我的思念

我以为，以为
是无边的海

却在一个清晨
来到对岸

六月荷

壑

被宠坏的灵魂
在海里　不断膨胀

理想的房子　覆盖着
婀娜的藤蔓

天空不在头顶　窗外
腐朽的味道渐浓

房子坠入　一条沟壑
深不见底

第四辑
草　原

宿　山

我从远方来
走进你的幽深
走进你的夜晚
在一盏孤灯的静默里
捕获一声蝉鸣
天帐里的点点星花
引我走入弯弯的梦
梦里，亦可继续我的追寻

我从远方来
走进你的幽深
林海苍翠，你秀发如瀑
窗是你明亮的眼睛
阳光透过眼睛，斜生在手心
连接着欢快的枝头
一朵你独有的花
盛开在自己的高度
做着生命里隐约的等候

我从远方来

|六月荷|

走进你的幽深
无意打扰
追寻的脚步，却在
无意中，走进
一朵花的世界

第四辑
草　原

选　择

时光的花瓣，选择
在每一个清晨绽开
人类，睡醒的蜜蜂
展翅捕捉，又一场飞逝
采集金色的甜蜜
滋养理想

没有忧伤，忧伤
在燃烧的大海里消亡
雪白的盐
在奋斗者的额头不断析出
惰性的微生物无法生存

蜜！一种果实，当然是甜蜜的
不能在感觉中验证感觉
伸出舌头尝试，这是笔直的路径
攀缘而上，可以找到
荆棘中，前行的我

赤脚，鞋子不知去向

六月荷

孪生的鲜血和疼痛
在身后飘扬的锦上睡去
我选择月光里,梦中的村庄
在升起的台灯下,收割光芒

第四辑
草　原

明亮的伙伴

今夜，月光如水
思绪的小船
在寂静的夜色里
缓缓驶入
儿时的田野，庄稼
如黑色的海浪
将我湮没
恐惧里等待着
熟悉的脚步，快些到来

透过叶的缝隙
看见月光
一如今夜
那一刻，你是明亮的伙伴
我把稚嫩的希望和祈祷
轻轻地告诉你
你尽力驱赶黑暗，努力升腾
我清晰地记得
你走过的每一片云彩

|六月荷|

今夜，月光如水
思绪重回天上
长久地端详
我的明亮的伙伴

第四辑
草　原

变　迁

山下，小镇成为蜂巢
甜蜜的座位上
坐着幸运的星，喝下
最后的水
安静被严重边缘
在眺望的目光里搜索

落差，生于惊愕的眼睛
零落的脚步
踩着小街
夕阳下的孤独
匾额像留守的老者
古朴的桌椅，用灰尘
演绎着花开花谢的故事
轮回是否太快

往南不远，新的
蜂巢诞生
一出新剧，正在上演
剧中看见
你的前世，你的今生

六月荷

红 十 字

路灯，在夜色里
笔直地站立

没有来者
也要照亮道路

夜空，红色的十字架
没有流血的耶稣

灯塔，为风雨中
颠簸的小船

午夜的蓝笛不鸣
世界在宁静中安睡

灯火阑珊，洁白的天使
是我，无言的守候

第四辑
草　原

兄　弟

兄弟，在哭泣
我没有
一起伤心

只是，默默地
扶起
风中倾斜的树干

给他一个肩膀
支撑，重新站立
需要时间

|六月荷|

泪

一半浇灌生机
一半浇灌消亡

朦胧里,看见
世界的梦幻

晶莹的枝叶
心,婆娑的根由

最初的模样
无法追逐

第四辑
草　原

海　德　格　尔

海，抛下岸
独自走了

只有风，翻开
你金色的扉页

我低头，捡起
一颗哲学的贝壳

哦！马丁·海德格尔
那是你的，《存在与时间》

公元 1889 年，德国弗莱堡
你，开始存在

存在，一切在场与不在场者
公开的场地
面对来者，从不拒绝

今天，我在场，你不在场
不！此刻，你和我都在场

时间作陪

六月荷

王子与乞丐

你,来到广场
吸引了
一个欢乐的圆
你是闪亮的圆心

音乐响起
你是翩翩的王子
音乐沉寂
你是落寞的乞丐

圆,如烟散去

| 第四辑 |
| 草　原 |

地　下　泉

炽热，岩浆的语言
柔软，我的通行证
穿越岩石里的黑夜
来到阳光下
母亲的体温尚未散去

友善的风，打开雾锁
第一次看见
我清澈的容颜
第一次听见
身体里的天籁

围栏里蓄养着
赤裸的文明
喧嚣与混浊的战场
我在硝烟中等待黎明
而后，在一片死亡般的
沉寂中，重归
希望之路

第五辑 鹊桥

一幅画,藏于深处
不会被风吹走

|六月荷|

鹊　桥

油灯亮了，抚摸
一个古老的故事

荡漾在明暗的衔接处
相信了，一条不可逾越的河

梦里，倔强的小船儿
努力划向对岸

用一把木折尺，丈量夜空
眼睛之间的距离

挑亮灯芯，希望
闪烁在刻度的栏杆

快些吧，快些吧
这是一座跨越之桥

鹊桥，一群善意灵魂的游行
翅膀，我的双臂

一幅画，藏于深处
不会被风吹走

第五辑
鹊　桥

牵　牛　花

路过那座花园
隔着篱笆
篱笆上缠绕着鲜红的牵牛花

路过那座花园
只是路过　　只是路过
馥郁香凝
在花园里
湖边那棵树下
当香散去
那树　你还在吗

路过那座花园
隔着篱笆
篱笆上缠绕着鲜红的牵牛花

六月荷

蝴　　蝶

旋涡里旋转着
我的思索

原始隐藏在久远里
延续着神秘

你，飘然而至
如花的盛开，不为凋零

生命的精彩
若天外飞仙

莞尔一笑
便消失在七彩的斑斓里

而我，将如何
将你的美丽追寻

第五辑
鹊　桥

祈　祷

她没来时
我双手合十祈求上苍
千万别下雨啊

她来之后
我双手合十祈求上苍
下点雨吧

老天慈悲
居然淅淅沥沥
下起了小雨

谢谢老天
赐给我机会
为她撑起，遮风避雨的伞

六月荷

致 青 春

面对太阳，影子
在西边
生长的时辰
光明延伸至黑夜
照亮茫然的角落

仰望星空，闪烁的
爱情
可以抵御所有严寒
险峰，云海，朝阳
泪水，欢呼
之后，恢复前行

一首歌的尾声里
轻轻地挥手
而后转身
昂首走进
火一样的光辉里

第五辑
鹊 桥

玫 瑰

火一样的玫瑰
刹那间，红了她的脸
轻轻一声，好看
却将脸微转

一帘黑瀑
便挂在我的眼前
瀑儿荡漾
我心，跟着荡漾

不禁捧起一捧
水样的滑
不禁闻了一闻
若玫瑰般
淡淡的香

六月荷

礼　　物

很久没有
这样温馨的夜晚
恬淡与宁静
散发着幽香
伸手　轻轻接住

清空纷扰
庭院留给月光　荡漾思念
你天使般出现
千山的阻隔
咫尺的相见

心的灵犀　今夜
珍贵的礼物
你的微笑一如初见
梦啊　幸福的时光
不愿离去　不忍花残
除非梦醒时分
你依然在　我的眼前

第五辑
鹊　桥

平　衡

平淡的午后
睁开眼睛，听见
窗外的雨声
不知道什么时候
下起了雨
拉开窗帘
推开窗户，外面
一片雨幕

冰冷，使我清醒
雨，淋湿了
外面的世界
刚好
与我的世界平衡
因为
我的世界
也在下雨

六月荷

彩色的贝壳

洗完头发
在镜子里寻找理想
迎面而来的太阳
将灵魂引入歧途
走进冥想的山谷

宴会尚未开始
角落里一份充满荣光的酒
等待喜欢的人开启

衣裳如花　紧跟季节的脚步
欢快地变着魔术
心啊！却稍显迟缓
还停留在，海边
一枚彩色的贝壳上

第五辑
鹊　桥

天　籁

雨，在窗外
轻叩玻璃
不期而遇，期待
却酝酿已久

与叶的演奏
让精神走出沉闷
不要停止吧
这个美好的寓言

我的宁静的湖面
偶然
蜻蜓点水
心晕，悠悠展开

六月荷

无　　题

请你触摸
我的心的柔软　　如沐春风

将石头连同它
坚硬的语言　　一并投入河中

枝头的果实
因为成熟　　不再苦涩

春雨　　酝酿的浪漫
可以滋润　　所有理想
朦胧的视线
世界因此变得梦幻

我要和你一起　　面朝大海
浩瀚与渺小的对峙
做关于爱的言说
最后结论
海洋生物
多于陆地

第五辑　鹊　桥

海 角 天 涯

午夜的钟声无奈地叹息着
最遥远的地方是天涯海角
那是藏着你的心的地方吗

我来到茫茫南海
拥抱海浪冲击的礁石
却无法将它熔化

我将目光投向椰林的婆娑
无数翠绿的椰果啊
到底哪一颗满盛着你的甘甜

我来到阳光照耀的沙滩
渴望你的温情与柔软
美丽却如冬日的冰寒

哦！我，来到天涯海角
你，却在海角天涯

六月荷

湖畔那条红色的长椅

湖畔那条红色的长椅
颜色有些斑驳
在玫瑰花坛的旁边
在桂花芬芳的笼罩里
我来到你的面前
如无数次梦里的情景一样
我和美丽的你坐在长椅上
依偎在彼此温柔的目光里
耳边的微风是你均匀的呼吸
眼睛是此刻唯一的明亮
动人的美丽，青春的笑脸
你说，想永远这样
可我们却因此变得健忘
忘记周围景色迷人的召唤
忘记身旁时光流过的潺潺

湖畔那条红色的长椅
颜色有些斑驳
在玫瑰花坛的旁边
在桂花芬芳的笼罩里
我，又来到你的面前

第五辑 鹊桥

如无数次梦里的情景一样
唯一的不同
美丽的姑娘，去了另一个地方
我来完成你的心愿
我的眼里，永远是你
动人的美丽，青春的笑脸
我仍然健忘着
忘记周围景色迷人的召唤
忘记身旁时光流过的潺潺

一对情侣坐在湖畔那条红色的长椅上
依偎在彼此温柔的目光里
这一刻，成为永恒

六月荷

遥远的伤口

忙音,遥远的伤口
一直在流血

总有些失去
无法弥补

昏暗的灯火
不出售安宁

残缺的美丽
对接残缺的目光

但那是对未来的期许
虽然不能寄予厚望

痛,积蓄的惩罚
救赎,一种高规格的纪念

在剩余时光里
慢慢归零

第五辑
鹊　桥

奔　月

与蜷缩的角落
一起沉入黑夜
我的唇边
留着历史的唇印
烟头在明灭中喘息
可悲的　可悲的
随时可能死亡
被痛苦扭曲的脸
吓坏曾经的自己

该来的会来
该走的会走
比如太阳　比如月亮
用微笑迎接
一丝光亮　照进裂隙
从现在开始
为一切生命　祝福
找到怒放的季节
一只蛐蛐
在孤寂的夜里放歌

六月荷

做自己的观众
掐灭不祥之火
幽灵的幻想随之破灭
挣脱黑暗
奔向月亮
一瞬间
浑身透亮

第五辑 鹊 桥

月 光 曲

你的柔情
是今夜的月光
透过窗棂
落在桌上　轻轻地
落在我的身上
绿萝也跟着分享

顺着流淌的月光
来到江南
在桥下的乌篷船上
等待娉婷的你
在湿润的朦胧里
飘然出现

斟满月光
沐浴着你
深深的情意　举杯
祝福天下有情人
也祝福你和我
然后　一饮而尽

六月荷

百　合

路的波浪里
起伏着沉默
拥着冬的隐忍
朝着春的绽放

轻柔的跫音
不想惊醒沉睡的祖先
岁月的河流
不再青春的倒影
平静让别离无痕

微笑的百合
在风中摇曳
再见的意义是重逢
将目光举过头顶
用力投向空白处

鹰是天空的孩子
此刻不能降落
怕触及一处柔软
痛得无法转身

第五辑
鹊　桥

等　候

电线杆向后倒去
可以肯定，这是前行

思念被风吹起
飘远的，重回眼前

你的呼唤
门前，鲜艳的牵牛花

要赶在天黑之前到达
因为大路旁，你的影子

我的诗
夕阳，无法再次拉长

六月荷

我知道，你已不远

平原，已经很久
没有下雨
太阳，炙烤着
原始的希望，滴落
生的智慧

我，多么渴望
夏的火热
冬的冰寒
仅限于交错的季节
而游离人间

如此期待，一场雨
生命在原地
不用追逐不变的轮回
让极致的冷暖
在我的体内平复

平复成柔软的岁月
献给大地
——我的母亲
耳畔隐约的轰鸣
我知道，你已不远